Henri Giroux, Laurent-Olivier David

Histoire de la communaute de Notre Dame de Charite du Bon-Pasteur de Montreal

Antigonos

Henri Giroux, Laurent-Olivier David

Histoire de la communaute de Notre Dame de Charite du Bon-Pasteur de Montreal

Réimpression inchangée de l'édition originale de 1879.

1ère édition 2024 | ISBN: 978-3-38818-462-3

Antigonos Verlag est une marque de Outlook Verlagsgesellschaft mbH.

Verlag (Éditeur): Outlook Verlag GmbH, Zeilweg 44, 60439 Frankfurt, Deutschland, info@outlook-verlag.de
Vertretungsberechtigt (Représentant autorisé): E. Roepke, Zeilweg 44, 60439 Frankfurt, Deutschland
Druck (Imprimerie): Libri Plureos GmbH, Friedensallee 273, 22763 Hamburg, Deutschland

HISTOIRE DE LA COMMUNAUTÉ

DE

NOTRE DAME DE CHARITÉ

DU

BON-PASTEUR DE MONTRÉAL,

SUIVIE D'UNE BIOGRAPHIE DE

MESSIRE J. V. ARRAUD, S. S.,

PAR

HENRI GIROUX,

Avec la coopération de

L. O. DAVID.

Montreal:

COMPAGNIE D'IMPRESSION ET PUBLICATION LOVELL.

1879.

APPROBATION.

Vu le rapport que Nous a fait le chapelain de la Communauté des Religieuses du Bon-Pasteur, de Montréal, sur un opuscule intitulé : *Histoire de la Communauté de N. D. de Charité du Bon-Pasteur, de Montréal, &c.*, Nous en permettons l'impression, et Nous en recommandons la lecture aux pieux fidèles du diocèse.

H. MOREAU, V. G.,
ADMINISTRATEUR.

Montréal, ce 4 novembre 1879.

LE P. EUDES,

Instituteur des Sœurs de Notre Dame de Charité du Bon-Pasteur.

LES BIENFAITS DE L'ŒUVRE DES SŒURS DU BON-PASTEUR.

Si Montréal a le droit de montrer avec orgueil ses palais, ses usines et ses maisons de commerce et d'industrie, témoignages frappants de ses progrès et de son activité, cette belle cité n'a pas moins raison de se glorifier de ses institutions de bienfaisance, de toutes les œuvres merveilleuses qui attestent sa foi et sa charité. L'étranger est étonné de trouver dans une ville jeune encore, tant d'hospices, d'asiles et de monastères consacrés au soulagement de toutes les misères, de toutes les souffrances ; il voit qu'on a compris ici que plus une ville est grande et riche, plus grandes et plus nombreuses aussi doivent être les œuvres destinées à soulager les misères physiques et morales. Elles sont grandes ces misères, et il est dénué de sentiment celui qui peut les voir sans être ému et sans songer à les diminuer autant que possible !

C'est la gloire de la religion chrétienne, du catholicisme surtout, d'avoir créé en quelque sorte la charité dans le monde, d'avoir fait germer dans les cœurs cette fleur céleste qui a réhabilité l'humanité et comblé la terre de bienfaits. Que d'âmes sauvées et de crimes évités, que de larmes séchées, et de désespoirs calmés, que de nations conservées et vivifiées par les dévouements et les sacrifices de la charité chrétienne depuis dix-huit siècles ! Quelle transformation, quels changements dans les mœurs, dans les lois, dans les caractères et les esprits ! Si on mettait dans un plateau d'une balance tout le bien fait au monde par la philosophie, la philantropie, par les grands rois et les guerriers illustres, et dans l'autre les œuvres de la charité catholique, les dévouements obscurs mais féconds du prêtre, du moine et de la religieuse, on comprendrait ce qu'on doit à la religion.

Sans doute, tous les crimes ne sont pas évités, toutes les misères et les souffrances ne sont pas soulagées, mais que serait-ce si les moyens ingénieux employés par la charité, si les sacrifices héroïques enfantés par la religion pour diminuer le mal et la souffrance dans le monde, n'existaient pas ? On ne sait pas malheureusement tout le bien secret que font certaines communautés, dont on met quelquefois l'utilité en doute ; on les juge sans les connaître et on les condamne sans les entendre. Faisant le bien sans bruit et sans ostentation, cachant comme des trésors leurs bonnes œuvres, elles n'ont jamais tout le mérite de ce qu'elles font.

Parmi ces communautés qui exercent leur action bienfaisante au milieu de nous et qu'on ne sait pas apprécier comme elles le méritent, il convient de placer au premier rang la congrégation de Notre Dame du Bon-Pasteur. Non-seulement on ne sait pas tout ce qu'elle fait, mais on ignore généralement les sacrifices admirables, les dévouements auxquels cette communauté doit sa naissance et son existence au Canada. Nous avons cru qu'après plus de trente années passées au milieu de nous à faire le bien, cette sainte congrégation méritait d'être signalée à la reconnaissance de notre population dans quelques pages peu dignes d'elle, mais qui auront, peut-être, pour effet de dissiper des préjugés déplorables et d'engager les personnes à l'esprit et au cœur bien faits à les aider à accomplir leur sainte et glorieuse mission.

BUT DE LA COMMUNAUTÉ.

Quand on connait les dangers auxquels est exposée la jeune fille, quand on voit les piéges tendus à sa bonne foi, à son ignorance, à sa faiblesse, on n'est plus peiné qu'étonné de la voir succomber. Mais la chute n'en est pas moins lamentable et les résultats déplorables. La femme descend d'autant plus bas qu'elle tombe de plus haut, sa réhabilitation est d'autant plus difficile que sa faute est grande et en apparence irréparable.

Rien de terrible comme la pensée qu'une fois le premier pas fait dans la voie de la déchéance, il n'y a plus rien à perdre ; rien de poignant et de fatal comme le désespoir de la pauvre malheureuse qui croit toute réhabilitation impossible pour elle.

Aussi combien de pauvres jeunes filles regardant autour d'elle, après un moment de faiblesse qu'elles regrettaient amèrement, et ne voyant partout que le mépris et l'ironie, se sont jetées tête baissée dans le bourbier du vice, déshonorant un nom, des familles respectables, conduisant souvent au tombeau un père, une mère incapables de supporter cette ignominie.

Venir au secours de ces infortunées, leur tendre la main pour les aider à se relever, leur montrer la voie de la réhabilitation, les arracher à la honte et au désespoir, était certes la plus noble, la plus généreuse des pensées, une œuvre que la charité catholique ne pouvait manquer de faire. Cette œuvre les sœurs du Bon-Pasteur l'accomplissent dans le monde entier avec un dévouement et un succès dont nous sommes témoins depuis près de quarante ans.

ORIGINE DE LA CONGRÉGATION.

La Congrégation de Notre Dame de Charité du Bon-Pasteur, dont le Généralat a été érigé par le Très Saint Père Grégoire XVI, en 1835, n'est pas, à proprement parler, une nouvelle institution, mais seulement une branche de celle de Notre Dame de Charité fondée en 1651 et autorisée par lettres patentes de Louis XIII ; c'est donc à cette date qu'il faut remonter pour trouver l'origine de la congrégation de ces religieuses.

Le P. Eudes (*) que M. Olier appela la merveille du

(*) Ce saint prêtre naquit au village de Ri, près d'Argentan, en 1601. Après avoir étudié chez les Jésuites, il entra à l'âge de 22 ans à l'Oratoire

XVIIe siècle, fut le premier instituteur de l'Ordre des Dames de Charité du Bon-Pasteur, qui prit naissance à Caen, en Normandie (France). Il adopta pour ses filles spirituelles la règle de St. Augustin et les constitutions de St. François de Salles, observées par les religieuses de la Visitation, sauf quelques changements nécessaires pour les mettre en harmonie avec le but de leur vocation qui est de travailler au salut et à la conversion des âmes dans l'enceinte du cloître.

Le nouvel ordre reçut une approbation épiscopale en 1651, fut confirmé et approuvé par Sa Sainteté Alexandre VII, par un Bref du 11 janvier 1666, et par Benoit XIV, le 26 septembre 1741.

Au moment de la terrible révolution française, en 1792, l'institution comptait environ douze monastères d'où les Sœurs furent chassées, emprisonnées ou exilées. Celui de Tours fut un des premiers à se relever après cette terrible tempête. Il ne renfermait en 1796 qu'un petit nombre de religieuses, plus vieillies par les malheurs que par l'âge ; mais le 31 juillet de cette année, naissait à Noirmoutiers (Vendée), une enfant des-

---

que venait de fonder le Cardinal de Bérule. Pendant cinquante ans il évangélisa la moitié de la France. Bossuet en l'entendant disait : "Voilà comment nous devrions tous prêcher." Il mourut le 19 août 1680 en odeur de sainteté.

L'ouverture du procès de sa béatification et canonisation, date du 7 février 1874.

tinée à illustrer non-seulement ce monastère, mais l'ordre tout entier. C'était Rose Virginie Pelletier * qui perdit ses pieux parents dès son bas âge et fut confiée à un des meilleurs pensionnats de la ville de Tours, pour faire son éducation. Douée des plus belles qualités du cœur et de l'esprit, la jeune Rose Virginie Pelletier se porta vers Dieu avec toute l'énergie de son âme. Ne pouvant vivre au milieu du monde, il arriva qu'un soir, le 20 octobre 1814, elle s'échappa du pensionnat de Madame de Lignac pour venir frapper à la porte du monastère des Sœurs de Notre Dame de Charité du Refuge. La Mère Marie de St Joseph Leroux, prieure, reconnut dans une vocation si prononcée, la volonté de Dieu, et elle la reçut à l'instant comme postulante.

Admise à la prise d'habit le 8 septembre 1815, sous le nom de Marie de Ste Euphrasie, elle fit sa profession religieuse le 9 septembre 1817, et fut élue supérieure du monastère de Tours en 1825.

En 1829, la Révde Sœur Pelletier fonda, sur demande de Mgr Montault, une importante mission à Angers, après quoi elle obtint, à la demande des évêques, les décrets et Bref de S. S. Grégoire XVI, qui en érigeant ce monastère en Généralat,

---

* Madame la Supérieure Pelletier, dite de Ste Euphrasie, mourut à Angers (France), le 24 avril 1868, à l'âge de 72 ans, après 54 ans de religion et avoir fondé, dans l'espace de 39 ans, 110 monastères de son Ordre qui, lorsqu'elle mourut, renfermaient plus de 2,600 religieuses.

déclarait que la supérieure de la susdite maison serait la mère générale de toute la Congrégation ; qu'elle aurait en conséquence le gouvernement de toutes les missions que celle d'Angers avait fondées et fonderait à l'avenir.

ÉTABLISSEMENT DE LA CONGRÉGATION DANS LE CANADA.

En 1841, Sa Grandeur Mgr Ig. Bourget, * alors Evêque de Montréal, s'adressa à la mère Marie de Ste Euphrasie Pelletier pour obtenir des religieuses dans sa ville épiscopale. Secondé par Messire J. V. Arraud, S.S., Mgr Bourget renouvela ses sollicitations plusieurs fois durant l'espace de trois ans, quand enfin Mgr J. N. Provencher,† premier missionnaire et

---

* Voir " Biographies avec portrait", par L. O. David, page 220, Montréal, 1876.

† Mgr Provencher est né à Nicolet, le 12 février 1787. Après avoir fait sa théologie au séminaire de Québec, il fut ordonné prêtre le 21 décembre 1811, et desservit Kamouraska, puis Yamachiche P. Q. Il quitta le pays en 1818 et porta l'Evangile dans le Nord-Ouest, avec l'abbé Dumoulins. En 1820, Pie VII, de sainte mémoire, le nomma suffragant et auxiliaire de l'Evêque de Québec pour cette même contrée, et Mgr P. O. Plessis, le sacra évêque aux Trois-Rivières, le 12 mars 1822, sous le titre de Juliopolis en Galatie. Il passa en Europe en 1835, pour intéresser le bureau de la Propagation de la Foi à ses missions, et continua jusqu'à Rome. Il traversa les mers deux fois, prononça une remarquable allocution à la prise de possession du trône de Mgr Lartigue, officia à la translation des restes de Mgr de Pontbriand, et mourut en 1853.

Vicaire Apostolique de la Rivière Rouge, se rendit à Angers pour y traiter de la nouvelle fondation. Sa Grandeur réussit dans sa mission ; au commencement de mai 1844, quatre religieuses d'Angers partaient pour le Canada. Arrivées le 7 juin suivant, après une traversée assez pénible, elles furent reçues par Mgr Bourget, le Rév. M. Arraud, S.S., plusieurs notables et bienfaiteurs des institutions catholiques de Montréal. Voici leurs noms :

Mesdames Marie Fisson, dite sœur Marie de Ste Céleste, élue première supérieure jusqu'au 28 février 1855, date de son retour en France ; Eliza Chauffaux, dite sœur Marie de S. Gabriel, seconde supérieure, depuis le 24 juin 1856, jusqu'au 10 juillet 1868, époque de son départ pour Angers, en qualité de supérieure provinciale des monastères de France et de Belgique ; Alice Ward, dite Marie de St Ignace, qui quitta Montréal pour Louisville, et mourut à Philadelphie, E. U., le 30 mars 1872. âgée de 57 ans ; enfin Madame Andrews, dite Marie de S. Barthélemi, qui décéda à Louisville, E. U., vers 1849.

Les bonnes sœurs furent conduites immédiatement chez les Hospitalières de St. Joseph de l'Hôtel-Dieu, où elles furent reçues avec la plus cordiale affabilité par la Revérende Mère Mezière, et toute la communauté qui leur donnèrent l'hospitalité pendant au moins deux semaines. Reposées des fatigues du voyage, elles attendirent que la maison qui leur était destinée fût achevée.

Peu après leur arrivée, Monseigneur Bourget, évêque de Montréal, leur adressa une lettre pastorale où l'on trouve toute l'onction, l'esprit de foi et de charité et le langage émouvant poétique même, qui caractérisent en général les écrits et les sermons du saint évêque.

Nous avons cru qu'on lirait avec intérêt cette lettre admirable que voici :

IGNACE BOURGET, par la miséricorde de Dieu et la grâce du S. Siége Apostolique, Evêque de Montréal :

" A nos Très Chères Filles Marie de Ste Céleste, Marie de St Gabriel, Marie de St Ignace, Marie de St Barthélemi, religieuses du monastère de Notre Dame de Charité du Bon-Pasteur d'Angers, Salut et bénédiction en N. S.

"Comme il a plu, N. T. C. F., à l'Illustrissime et Révérendissime Guillaume Laurent Louis Engebault, évêque d'Angers, et à la Révérende Mère Marie de Ste Euphrasie, supérieure générale de votre Congrégation, de se rendre à nos pressantes sollicitations, en vous donnant une obédience pour venir fonder une maison de votre Institut dans notre chère et bien-aimée ville épiscopale, Nous vous adressons le présent mandement, pour vous dire que vous êtes les bienvenues, parceque vous venez au nom du Seigneur tout bon et miséricordieux, pour Nous aider à travailler au salut de celles de nos brebis qui sont les plus à plaindre, parcequ'elles sont les plus abandonnées.

" Nous savons, N. T. C. F., que votre mission dans le monde, et vos travaux dans la Ste Eglise de Dieu, ont pour objet principal de sanctifier les âmes qui, après avoir donné au monde les plus affreux scandales, en sont devenues le rebut. Votre gloire et votre couronne est de rendre à ces fleurs, que le vice avait ternies, l'éclat de leur première innocence. Votre bonheur est de pouvoir dire avec N. S., jusqu'à un certain point : Nous sommes venues dans le monde non pour les justes, mais pour les pécheurs ; non-seulement pour ouvrir, comme tant d'autres communautés, un de ces asiles heureux où des âmes chastes et pures se mettent à l'abri de la corruption du siècle, pour mener ici-bas la vie des anges, mais aussi pour établir un refuge à la plus grande des misères humaines. C'est pour courir après les brebis les plus perdues de la maison d'Israël que vous avez quitté votre patrie, que vous avez traversé les mers, et que vous vous êtes exposées au plus grands dangers. Vous venez vous fixer sur cette terre étrangère, déterminées à endurer toutes les peines et les tracasseries qu'entraîne nécessairement toute fondation, afin d'imiter votre Sauveur qui a fait le grand et pénible voyage du ciel en terre, non pour ceux qui étaient en santé, mais pour les malades. A l'exemple de ce Bon Pasteur, vous prodiguerez aux pauvres âmes confiées à vos soins, tous les services que la charité vous inspirera, afin de gagner d'abord leur confiance et ensuite faire entrer dans leur cœur les saintes vérités de la religion. Vous les dirigerez dans les routes pénibles de la pé-

■itence, et vous les y ferez persévérer avec courage. Vous en ferez des Madeleines, des Thaïs, des Pélagies, etc.; lesquelles, après avoir été le scandale du monde, sont devenues heureusement, par leur pénitence, des modèles de toutes sortes de vertus; si bien que l'Eglise n'a pas craint de les placer sur ses autels, afin d'inspirer aux âmes les plus abandonnées une juste confiance en la miséricorde infinie du Seigneur.

" Nous ne sommes point surpris, N. T. C. F., de ces excellents fruits que, par la grâce de Dieu, vous produisez dans les âmes. Car le Bon Pasteur, qui vous à appelées à sa suite, vous a non-seulement donné le nom qui lui est le plus cher, le nom de Bon-Pasteur; mais encore il vous a donné son Cœur, qui est le plus précieux trésor de votre Société; ce Cœur adorable qui brûle toujours d'un zèle si ardent pour le salut des âmes; ce Cœur si tendre qui lui fit verser des larmes et pousser des gémissements sur son ami Lazare, mort depuis quatre jours, et qui était la figure de ceux qui sont ensevelis dans le tombeau du péché; ce Cœur si débonnaire qui lui fit entreprendre avec tant de fatigues le voyage de Samarie, pour y convertir une femme qui vivait dans le plus affreux libertinage ! Est-il étonnant qu'ayant pour ainsi dire à votre disposition ce Cœur tout divin, vous retiriez tant d'âmes du malheureux état du péché, pour en faire de dignes épouses du Dieu trois fois saint. Ce n'est donc pas sans raison que vous avez pris pour principal ornement de votre Institut le Cœur de ce Dieu infiniment bon qui se sacrifia pour les pécheurs.

" Comme nous connaissions ces dons excellents que le Cœur de Jésus a versés dans votre Institut, nous avons cru devoir faire les plus vives instances auprès de vos Supérieures pour que vous fissiez ici un établissement, afin que les âmes confiées à nos soins, et qui sont les plus abandonnées, pussent y participer. En vous appelant à notre secours, pour sauver ces âmes si précieuses aux yeux de Dieu, Nous vous avons infor_ mées que vous ne deviez compter que sur la divine Providence, pour opérer cette grande œuvre ; et Nous vous le répétons encore aujourd'hui. Mais nous vous avertissons en même temps, que nous vous avons confiées aux soins de notre ville episcopale ; de cette ville qui a reçu dans son cœur le souffle divin de la charité ; de cette ville qui s'est levée en masse chaque fois que nous avons cru devoir l'appeler à notre secours, pour exécuter les plans des œuvres charitables dont Dieu nous avait donné la pensée ; de cette ville qui mérite à juste titre le nom de ville des aumônes, comme une de celles de l'ancienne France que vous venez de quitter.

" Vous aurez donc, pour vous seconder dans votre zèle, une foule de dames pieuses, qui font la gloire de leurs respectables époux, lesquels se plaisent à leur donner toute liberté de vaquer à l'exercice des œuvres de charité, et de courir aux secours des pauvres, des veuves, des orphelins et de tous les malheureux· Aidées puissamment par ces ferventes coadjutrices, vous travaillerez efficacement à relever la gloire de votre sexe, en faisant régner la justice avec toutes ses aimables vertus, là où régnait auparavant la concupiscence avec ses honteux déréglements. Vous partagerez vos entrailles maternelles avec ces courageuses collaboratrices qui feront ce que vous ne pouvez faire vous-mêmes, c'est-à-dire, qui iront à la recherche de ces âmes infortunées, qui cachent leur honte et leur désespoir dans ces tristes lieux où, par le plus grand de tous les malheurs, elles perdirent ce qu'elles avaient de plus cher au monde, leur innocence ; et avec leur innocence tout le bonheur de leur vie.

" A ces causes, le St. Nom de Dieu invoqué, et de l'avis de nos Vénérables Frères les Chanoines de notre Cathédrale, que nous avons eu soin de prendre avant notre départ pour la visite pastorale, nous avons réglé, statué et ordonné, réglons, statuons et ordonnons ce qui suit :

1. " Nous permettons à vous, Sœur Marie de Ste Céleste, Marie de St Gabriel, Marie de St Ignace, Marie de St Barthélemi, de fonder à Montréal une maison de Notre Dame de Charité du Bon-Pasteur.

2. " Nous voulons que vous suiviez en tout les Règles et les Constitutions qui régissent et gouvernent votre Maison-Mère, établie dans la ville d'Angers.

3. " Nous permettons que vous jouissiez dans ce diocèse de tous les priviléges et avantages qui vous ont été accordés, soit par les faveurs spéciales du St. Siége Apostolique, soit en vertu de vos dites Règles et Constitutions.

4. " Vous célébrerez les Offices et les Fêtes, comme partout ailleurs dans les diverses maisons de votre Institut.

5. " Vous pourrez ouvrir un noviciat, et admettre dans votre Société toutes les personnes qui vous paraîtront appelées de Dieu pour partager vos travaux et avoir part à vos mérites.

" Enfin, nous vous mettons sous notre entière dépendance et celle de nos successeurs evêques, et nous vous donnons de tout notre cœur notre bénédiction, au nom du Bon Pasteur que nous sommes chargé, malgré notre indignité, de représenter sur la terre.   Soyez donc bénies, vous qui venez exercer ici la charité de Jésus-Christ, qui presse toutes les âmes de se consacrer à son amour.   Soyez bénies vous qui avez l'honneur incomparable d'être consacrées à *Notre Dame de Charité*, à la divine Marie dont le très Saint Cœur fut toujours le siége de l'amour le plus pur ; vous qui avez reçu en partage, non les richesses du monde, mais le précieux trésor. de la charité de Marie, le refuge assuré des plus grands pécheurs.   Croissez et multipliez-vous à l'ombre et sous la protection de celle qui, par sa tendresse maternelle, fait toute l'espérance des justes et des pécheurs. Accomplissez les grands desseins que Dieu a eus sur vous, en vous amenant ici.   Faites connaître, aimer et servir Jésus, le Bon Pasteur, et Marie, la souveraine du Ciel et de la terre, par tant d'âmes qui, hélas, ont aimé si longtemps les plaisirs sédui sants d'un monde corrompu, qui a fait leur malheur !   Faites leur aimer cette beauté toujours ancienne et toujours nouvelle, qui ravissait le cœur d'Augustin pénitent. Mettez en honneur la vertu de pénitence, et que les gémissements qui vont bientôt retentir dans votre humble demeure, se fassent entendre au dehors et aillent toucher de douleur et de repentir les malheureux qui ont ôsé précipiter dans le plus profond abîme du péché, des âmes pour le salut desquelles Jésus-Christ a versé jusqu'à la dernière goutte de son précieux sang. Qu'eux aussi, ils apprennent à recourir à l'infinie miséricorde du Seigneur. Que s'il y a dans votre maison des Aglaés pénitentes, il y ait dans la monde des Bonifaces, expiant par le martyre, c'est-à-dire par le sacrifice de toutes les convoitises, par la prière, l'aumône et les bonnes œuvres, les tristes années qu'ils passèrent à outrager le Seigneur avec ces infortunées victimes de leurs passions. Telle est, N. T. C. F., la mission que vous avez à remplir avec la grâce du Bon Pasteur et le secours puissant de Notre Dame de Charité.

" Sera, le présent Mandement, lu à la messe qui se célébrera dans l'Oratoire des Filles du Bon-Pasteur, à Montréal, le jour que l'on en fera la bénédiction, et ensuite conservé dans les Archives de la Communauté.

" Donné à l'Assomption, dans le cours de nos visites, le onze juin mil huit cent quarante-quatre, sous notre seing et sceau et le contre-seing de notre secrétaire *ad hoc*."

    (Signé,)   † IG., Evêque de Montréal, par Mgr.

    (Contre signé,)   H. PLAMONDON, Ptre, Sec., *ad hoc.*

    Pour copie,   A. F. TRUTEAU, Chanoine Secrétaire.

Pendant que les Sœurs du Bon-Pasteur étaient encore à l'Hôtel-Dieu, M. Laframboise et Madame Quesnel (*) vinrent un jour les chercher pour les amener visiter le pauvre logement, mis à leur disposition par le Rév. M. V. Arraud, S.S. Cette maison située sur la rue Brock, faubourg Québec, était en bois et mesurait 108 x 84 pieds. Comme c'était une ancienne caserne, vieille et délabrée, à deux étages avec mansardes, M. Arraud, S.S., y fit adjoindre une allonge en brique de 50 x 40 pieds, à trois étages. Bien qu'il ne s'épargnât ni peines, ni fatigues, souvent les ressources lui manquaient absolument.

(*) MADAME QUESNEL, née Josette Cotté, naquit à Montréal, rue St. François Xavier, en 1792. Semblables aux premiers colons de Ville-Marie, ses parents jouissaient par la simplicité et par l'austérité de leurs mœurs de la considération de tous les gens de bien. Elle mit à profit les enseignements de ses vertueux parents, et n'avait de plaisir que lorsqu'elle soulageait les malheureux et priait le bon Dieu pour eux.

Devenue l'épouse de l'Hon. Jules Maurice Quesnel, doyen des échevins de Montréal, elle ne changea rien à ses habitudes régulières et vraiment chrétiennes. Restée veuve et sans enfants, elle tourna toutes ses pensées vers le Ciel et ne voulut plus vivre que pour son Créateur. Les communautés religieuses, surtout les sœurs du Bon-Pasteur et l'Asile des orphelins catholiques de Montréal se rappelleront toujours son inépuisable charité. Madame Quesnel avec sa belle fortune, menait une vie très laborieuse, elle détestait l'oisiveté.

Malgré la pureté, l'innocence de toute sa vie et la grandeur de ses aumônes, Madame Quesnel ressentait une extrême frayeur des jugement de Dieu. Consolée et rassurée par les douces paroles de son directeur, M. Arraud, S.S., qui l'assista à ses derniers moments, elle expira doucement le 6 juin 1866.—*Echo du C. L, P.*, 15 juin 1866.

Cependant, la construction avançait peu à peu ; les ouvriers en
étaient rendus au delà du second étage de l'addition en brique,
lorsqu'une nuit, un violent coup de vent vînt secouer trop rude-
ment la bâtisse qui s'écroula.   Le matin suivant, M. Arraud se
rendant à sa bâtisse, vit le désastre et en homme courageux et
accoutumé aux épreuves, il se remit immédiatement à l'œuvre
afin de réparer ce malheur.

Avant de se séparer les Hospitalières de St. Joseph de
l'Hôtel-Dieu, et les Sœurs du Bon-Pasteur, signèrent l'Acte
d'accord suivant :

J. M. J.

" Nous, Supérieure des Religieuses de l'Hôtel-Dieu et officiè-
res représentant notre Communauté, désirant cimenter une
union perpétuelle qui porte son avantage au delà du tombeau,
avec les Dames du Bon-Pasteur, arrivées d'Angers le 7 du courant, pour établir une maison de leur Institut dans notre ville ;
Sa Grandeur Mgr Ignace Bourget, leur ayant assigné notre
monastère pour résidence pendant quelques jours, nous a donné
l'inappréciable avantage de connaître leur méritante personne
qui laissera pour toujours dans notre maison la bonne odeur de
leur dévouement pour la gloire de Dieu.

" Sommes convenues mutuellement que le monastère où il
décédera une religieuse, en informera la supérieure de l'autre,
qui donnera l'intention d'une communion générale pour le repos

de l'âme de la défunte, et il sera dit un *De Profundis* en commun, pendant huit jours, et toutes les bonnes œuvres à la même intention.

" Fait et passé en notre monastère de l'Hôtel-Dieu de St. Joseph de Ville-Marie, à Montréal le 17 juin 1844."

Sœur MEZIERE, Supérieure,	Sœur MARIE DE STE CELESTE, Fisson, Sup.,
" MERCILLE, Assistante.	" " DE S. GABRIEL, Chauffaux,
" BOURBONNIERE,	" " S. IGNACE, Ward,
" LACROIX dite LANIERE, Hospitalières.	Rel. du Bon-Pasteur.

En possession de ce précieux document et de leur mandement d'établissement, les Sœurs du Bon-Pasteur échangèrent un dernier adieu avec leurs bienfaitrices et se rendirent dans leur nouvelle habitation qui fut prête à les recevoir dès le 21 juin. A leur arrivée, le Rév. M. Arraud, S.S., se fit un plaisir de leur présenter la première postulante, Melle Marie L. Perreault, ainsi que plusieurs pénitentes déjà sous la surveillance de quelques dames pieuses de Montréal. †

---

† Sous la supériorité de Mgr Bourget et les sages conseils du Rev. M. Nicolas Dufresne, S.S., il exista un refuge pour ces pauvres femmes. De 1829 à 1836, sous la surveillance de Madame veuve Duncan McDonnell, il fut secouru plus de 300 pénitentes.

Mgr Ignace Bourget, les Hospitalières de l'Hôtel-Dieu, Mesdames D. B. Viger,* Leclerc et le Dr. Picault travaillèrent énergiquement à leur procurer les choses nécessaires pour la chapelle, et Mesdames Quesnel, Berthelet, Tétu, Jacques Lafleur et St Julien ainsi que M. Joseph Beaudry † (pieux célibataire) se donnèrent beaucoup de peine pour leur procurer la nourriture et les meubles les plus indispensables.

N'ayant exigé aucun contrat de fondation, les Révérendes Sœurs du Bon-Pasteur n'avaient pour appui de leur œuvre que la divine Providence, et pour revenus les secours de la charité et le produit des ouvrages qu'elles obtenaient des gens du dehors.

(*) DAME MARIE AMABLE VIGER, née FORRETIER, était une personne accomplie ! En bonne chrétienne, elle ne songea qu'à soulager l'humanité souffrante et seconder les efforts puissants des religieuses toutes dévouées aux pauvres. De son mariage avec M. D. B. Viger, elle n'eut qu'une petite fille, morte à l'âge de huit mois.

Après avoir été la principale fondatrice de l'établissement du Bon-Pasteur, et la mère des pauvres de Montréal, elle succomba aux atteintes du dernier choléra, le 21 juillet 1854.—(Voir *Echo du. C. L. P.*, 2 mars 1861, p. 96.)

(†) M. JOSEPH BEAUDRY fut un chrétien modèle. Il exerça pendant plusieurs années à Montréal, l'humble et modeste fonction de catéchiste. Que de jeunes gens n'a-t-il pas instruits et préservés des dangers du monde !

Après l'éducation des enfants, le soin des pauvres fut l'objet principal et constant de son inépuisable dévouement. Sa vie entière ne fut qu'une chaîne de bonnes œuvres. Non content de mener une existence dure, pau-

Montréal heureusement possède des trésors de charité inépui-
sables. En 1846, l'année même de l'incorporation de la Communauté, Madame D. B. Viger, née Forretier, fit don aux
religieuses du terrain qu'elles occupent maintenant, et qui était
évalué à plus de trois mille louis. La bénédiction de la première
pierre eut lieu le 20 août 1846, et celle de l'édifice, par Mgr
Bourget, le 20 octobre 1847.

On trouvera un peu plus loin l'histoire des développements
de la communauté depuis 1847 jusqu'à nos jours.

DÉVOUEMENT DES SŒURS DU BON-PASTEUR PENDANT LE TYPHUS.

Qui ne se rappelle l'immigration Irlandaise qui, en mil huit
cent quarante-sept, jeta sur les rives du S. Laurent près de cent

---

vre et laborieuse, il distribuait chaque année ses petites rentes viagères
pour soulager les indigents. Il se plaisait à faire des quêtes dans les mar-
chés de la ville, où étant connu, il amassait des provisions assez considéra-
bles de viandes et de légumes qu'il partageait entre les diverses communautés chargées des pauvres vieillards, des pénitentes ou des orphelins.

Son nom sera peut-être un jour vénéré comme celui d'un Labre, ou de
tout autre de ces illustres inconnus qui vivent et meurent à l'exemple des
saints.

C'est après avoir passé plusieurs années de sa vie au milieu des MM. de
St. Sulpice de cette ville, que M. J. Beaudry se rendit dans une salle des
pauvres, chez les Sœurs Grises, où il rendit sa belle âme à Dieu le 18 avril
1866, vers les 7 heures du soir, après avoir reçu tous les secours de l'Eglise.
Il était âgé de 86 ans.—*Echo du C. L. P.* de 1866.

mille infortunés, dont la plupart furent atteints du terrible fléau ?

A Québec, 51 prêtres se dévouèrent à tour de rôle pour donner à ces malheureux les secours de leur ministère ; vingt-cinq furent atteints de la maladie, et cinq eurent la gloire de succomber, en recueillant la palme du martyre et de la charité.

A Montréal, Mgr Bourget visita aussi les ambulances, à la tête de son clergé. Il fut atteint du fléau ainsi que son coadjuteur ; neuf prêtres (*) et treize religieuses (†) furent victimes de leurs charité. Sur avis de Sa Grandeur l'Evêque de Montréal, plusieurs Sœurs des Institutions Catholiques de Montréal reçurent l'ordre de se rendre aux *Sheds*, à la Pointe S. Charles, afin d'y faire le service auprès des pauvres affligés.

Ne pouvant sortir de leur monastère, les Sœurs de Notre

---

* MM. H. Hudon, V. G., A. Rey, prêtres de l'Evêché.

John Richard Jackson, Pierre Richard, Réné Carof, Patrick Morgan, prêtres du Sém. S.S.

Thomas Colgan, curé de St André.

L. McInerney, et Sa Grandeur Mgr Power, évêque de Toronto.

HOSPITALIÈRES DE S. JOSEPH DE L'HOTEL-DIEU.

(†) Sœurs Gertrude Poirier, Sophie Darche, Marie Joseph Portelance, postulante.

SŒURS GRISES.

Sœurs Ann Nobles, Marie Magd. Limoges, Angélique Chèvrefils, Rosalie Barbeau, Alodie Bruyère, Charlotte Pominville, Janet Collins, novice,

SŒURS DE LA PROVIDENCE.

Sœurs Angélique Beloin, Catherine Brady, Olympe Guy.

Dame de Charité du Bon-Pasteur voulurent bien prendre leur part du pénible fardeau que les ravages du typhus imposaient à la charité publique. A leur monastère de la rue Sherbrooke, qui était à moitié construit, elles reçurent environ deux cents personnes. C'étaient des enfants, des jeunes filles de vingt ans, et au-dessous, qui leur étaient amenées dans un état pitoyable ; entassées dans des tombereaux, presque pas vêtues, et couvertes de vermine. Les premiers soins qu'on leur donnaient étaient de les laver, de leur raser les cheveux et les sourcils, afin de détruire les insectes qui les piquaient jusqu'au sang. Ensuite on les faisait coucher, à défaut de lit, sur une botte de paille fraîche, recouverte d'un drap.

Sur les deux cents qui furent admises dans les salles de la Communauté, il n'y en eut qu'une vingtaine qui ne devinrent pas la proie du typhus. C'est chose merveilleuse, qu'aucune des bonnes Sœurs ne succomba à la maladie ; mais la supérieure, Marie de Ste. Céleste, vit la mort de près. N'écoutant que sa charité, debout le jour et la nuit, n'ayant ni le temps ni la pensée de prendre les précautions les plus nécessaires, elle fut atteinte de la maladie, transportée à la maison du faubourg Québec et condamnée par les médecins. La consternation fut grande dans la Communauté quand on apprit que la bonne mère n'avait plus que quelques instants à vivre. On se mit en prières, et on est convaincu que Marie de Ste. Céleste échappa à la mort grâce à une intervention spéciale de Dieu.

Montréal n'oubliera de sitôt le touchant spectacle offert par ces femmes généreuses qui, tous les jours, marchaient à la mort et déployaient dans le traitement des malades une adresse et une expérience que la charité seule, cette science suprême, pouvait leur donner.

Quand le fléau dévastateur eût cessé ses ravages, la santé des Dames du Bon-Pasteur se trouva notablement altérée : toutes étaient plus ou moins souffrantes. Le Dr. Wolfred Nelson,* qui les gratifiait de ses soins, chercha les causes du dépérissement de leur santé. Il constata que c'était un reste de contagion pestilentielle puis, en second lieu, l'insuffisance du régime alimentaire.

----

*Le Dr Wolfred Nelson, commença à étudier la médecine à l'âge de 14 ans, à Sorel, sous le Dr Carter. Les médecins étant bien rares à cette époque, il se mit à pratiquer fort jeune. A seize ans, W. Nelson avait la direction de la pharmacie d'un hôpital militaire. Il reçut son diplôme en 1811, et s'établit à S. Denis. Exilé aux Bermudes pour la part importante qu'il avait prise aux troubles de 1837–38, il s'établit, au retour de l'exil, à Plattsburg, E. U.

Sir L. H. Lafontaine, ayant fait adopter par la chambre un *bill* d'amnistie générale, le Dr Nelson revint au pays, où il ne s'occupa plus de politique afin de se consacrer exclusivement à sa profession.

En 1854, ce grand patriote fut élu maire de Montréal. Son dévouement pendant le typhus de 1847 et le choléra de 1854, lui mérita l'admiration et la reconnaissance publique. Dès 1861 le Dr Nelson s'aperçut que ses forces diminuaient ; il languit et s'éteignit le 17 juin 1863, à l'âge de 71 ans, après avoir donné gratis ses soins et ses conseils au Bon-Pasteur, à Montréal, pendant au moins dix-neuf ans.

Quelques lignes suffiront pour donner une idée de la manière dont on vivait alors au monastère du Bon-Pasteur.

Pour déjeuner, c'était de la graisse qu'on ôtait sur la soupe et qu'on laissait figer ; celles qui ne pouvaient en faire usage étaient à même de manger leur pain sec ou avec de la mélasse ; on prenait du café d'orge, sans lait, *quelquefois* de la viande au dîner ; enfin du gruau ou des légumes pour le repas du soir.

Pour remédier à la première cause de la maladie, le médecin ordonna de blanchir avec de la chaux tous les murs du monastère, puis il prescrivit comme absolument nécessaire, le changement de nourriture. L'une et l'autre de ces ordonnances furent mises à exécution. " Il était grandement temps," répétait le bon docteur Nelson, " ou de modifier le régime de vie, ou de fermer la porte de la communauté, parce que subsister de la sorte é ait chose impossible."

Nous avons parlé de la manière dont la Mère supérieure avait échappé au typhus. En 1849 pendant le choléra ce fut le tour de son assistante, Sœur Marie de S. Gabriel. Elle fut atteinte de la maladie et fut bientôt aux portes de la mort. Voici ce qui se passa alors :

Une jeune novice converse, Sœur Girard, dite Marie de l'Assomption, voyant la consternation qui régnait autour d'elle, sécria comme si elle eût obéi à une inspiration spontanée : " Oh ! si le bon Dieu voulait me prendre, moi qui suis bonne à si peu de chose, à la place de notre chère

Sœur l'assistante, dont on a tant besoin ici ! " Quelque temps après, rencontrant Sœur Préfontaine dite Ste Thérèse, qui se rendait au chœur pour sa méditation, la généreuse Sœur Girard, dite Marie de l'Assomption, lui répéta avec assurance. qu'elle se croyait certaine de mourir avant la mère assistante Dès le lendemain, à midi, Sœur Marie de l'Assomption, se sentant très mal, quitta son emploi qui était au réfectoire et monta à l'infirmerie où elle commença à vomir : c'était le prélude du choléra. Rien ne put la sauver, et la victime qui s'était offerte en sacrifice à Dieu, succomba un mercredi, 25 juillet, à une heure de l'après-midi.

Presqu'aussitôt Sœur Marie de S. Gabriel prit du mieux et finit par recouvrer complétement la santé. Sans doute on n'est pas obligé de croire que ces faits sont miraculeux, mais ils sont toujours bien étonnants. Admettons que s'il est des prières que Dieu doit prendre plaisir à exaucer ce sont bien celles de ces saintes femmes qui ne vivent que pour lui ; s'il est des lieux où il doit aimer à se manifester ce doit être dans ces sanctuaires de vertu, de simplicité et de dévouement.

PROGRÈS DE LA COMMUNAUTÉ.

Ce fut au mois d'août 1847, pendant le typhus, que les Sœurs du Bon-Pasteur quittèrent leur maison du faubourg Québec pour se transporter dans leur nouvelle demeure rue Sherbrooke.

Au mois d'octobre suivant elles recevaient du gouvernement une somme de $1,473 en récompense de l'hospitalité et des soins qu'elles avaient donnés aux émigrés. Il n'y eut qu'une voix dans le pays pour approuver cet acte de reconnaissance publique, comme il n'y avait eu qu'une voix, même parmi les protestants, pour louer les prodiges de dévouement opérés par nos prêtres et nos sœurs pendant le terrible fléau.

En 1852 eut lieu le grand incendie qui réduisit en cendres au moins 1,600 maisons, et jeta sur le pavé près de 10,000 personnes des faubourg St Laurent, St Louis, St Jacques et Ste Marie. La cathédrale et le nouveau palais épiscopal ayant été détruits, une partie du monastère fut érigée provisoirement en lieu de refuge, de même que la chapelle qui avait échappée à l'incendie par une protection toute spéciale. On y transporta plusieurs des saintes reliques qu'on avait sauvées, notamment le corps de S. Zotique, qui était enchâssé et les ossements de Ste Janvière.

Conformément aux intentions de l'évêque de Montréal, cette chapelle servit d'église paroissiale pendant plusieurs mois.

Mgr Ig. Bourget bénit, après vêpres, le 16 mai 1852, la cloche extérieure de la Communauté.

La cérémonie eut lieu en présence d'un nombreux clergé et de plusieurs citoyens importants de Montréal. La cloche reçut les noms de Charles et Dorothée, prénoms respectifs du parrain et de la marraine. M. le maire Chs. Wilson (*) et Madame VanFelson, née Dorothée Gust, épouse de l'Hon. Juge VanFelson. A ces deux noms furent ajoutés celui de Jean-Baptiste, en l'honneur de la patriotique société (†) canadienne de ce nom, qui avait beaucoup contribué à la solennité de cette cérémonie religieuse, celui de Bon-Pasteur, et enfin celui de Céleste, nom de la Révde Mère Prieure du monastère. Du poids de deux cent cinquante livres, cette cloche était un présent du Révd Messire Isidore Gravel, ancien curé et qui fut chapelain de cette communauté en 1851-52.

---

* Né en 1808, M. C. Wilson, était le sixième garçon de feu M. Alexandre Wilson, autrefois collecteur des douanes de Sa Majesté, en Canada.

M. C. Wilson, qui a été fort estimé par tous ceux qui l'ont connu, fut élu au conseil de ville en 1852, par la majorité des principaux citoyens de Montréal. Plus tard, il devint membre du Conseil Législatif à Québec, position qu'il occupa jusqu'en 1872, époque à laquelle il fut promu au Sénat pour la division Rigaud. Ce brave citoyen était maire de Montréal, lors de la visite du trop fameux Gavazzie, qui voulant discourir contre le Pape à la porte d'un temple protestant du *Beaver Hall*, causa un masacre considérable.

En 1854, M. le Sénateur Wilson reçut le titre de chevalier et commandeur de l'ordre de St Grégoire le Grand. Il mourut en bon chrétien, le 4 mai 1877, à la suite d'une courte maladie, regretté par les institutions de charité et les pauvres de Montréal.

† L'association S. Jean Baptiste fut fondée à Montréal, par feu M. Ludger Duvernay. Elle célébra, pour la première fois, la fêté de son saint patron, le 24 juin 1834.

Au 31 décembre 1853, le personnel du monastère du Bon-Pasteur se divisait comme suit :

    Religieuses Professes.................. 22

    Novices............. 4

    Postulantes 3

    Sœurs Tourières........ 2

    Pénitentes................................... 61

    Elèves Pensionnaires....................... 31

    Externes 20

Pour la première fois, en 1860, la Communauté reçut du Gouvernement Provincial une allocation qu'il renouvela chaque année. De son côté, M. Olivier Berthelet,* d'heureuse mémoire, procura aux Sœurs l'année suivante (1861) les moyens d'agrandir leur établissement de la rue Sherbrooke. Sous ses auspices on entreprit la construction de l'aile sise au Nord-Est du monastère, une bâtisse de 144 x 50, évaluée à pas moins de vingt-quatre mille piastres. Commencée le 19 mars 1861, elle fut solennellement bénite, le 13 octobre 1862, par Messire Granet,† supérieure du Séminaire de St Sulpice.

---

* Le 27 septembre 1872, à l'âge de 74 ans et 4 mois, cet excellent citoyen couronnait par une sainte mort une longue vie de charité et de bonnes œuvres.

† M. Dominique Granet, S.S., était né à Espaleur, diocèse du Puy France), le 10 août 1810. Il fut ordonné prêtre le 13 juin 1835, et demeura professeur de philosophie à Autun jusqu'à son départ pour le

Le tableau qui suit complétera ce court chapitre sur les progrès et les développements de la communauté :

Professions Religieuses faites chaque année.			Religieuses décédées depuis la fondation.		
En l'année	1846	8	En l'année	1846	1
"	1847	2	"	1850	1
"	1848	1	"	1862	1
"	1849	8	"	1864	2
"	1852	3	"	1867	2
"	1853	1	"	1868	1
"	1856	5	"	1869	1
"	1860	2	"	1870	3
"	1861	3	"	1871	1
"	1862	1	"	1872	2
"	1864	1	"	1873	2
"	1866	14	"	1874	1
"	1867	20	"	1875	1
"	1868	22	"	1876	4
"	1869	17	"	1877	3
"	1870	9	"	1878	1
"	1871	8	"	1879	2
"	1872	9			
"	1873	7			
"	1874	8			
"	1875	7			
"	1876	7			
"	1877	0			
"	1878	5			
"	1879	3			

Aujourd'hui les religieuses défuntes sont inhumées dans la chapelle de leur établissement de S. Hubert.

Parmi les religieuses que la mort a moissonnées nous devons mentionner spécialement celles dont les noms suivent, et dont le souvenir est cher à la population de Montréal :

Noms.	Date de leur décès.	Age.	Temps de Religion.
Marie Côté, dite Marie de Ste Chantal	20 Janv. 1846	28 ans	1 an 3 m
C. Préfontaine, dite Marie de Ste Thérèse	25 Juill. 1850	20 "	5 " 9 m
Phil. Caillard, dite Marie de Ste Émilie	24 Mars 1862	21 "	4 "
Luce Fournier, dite Marie de S. Hyacinthe	22 Juill. 1864	46 "	17 "
Louise Brossard, dite M. de S. Frs de Sales	25 Sept. 1864	44 "	17 " 2 m
Eléonore Brunelle, dite M. de l'Ange G.	3 Nov. 1867	16 "	2 " 6 m
Rosalie Fontaine, dite Marie du Crucifix	12 Déc. 1867	39 "	14 "
Rosalie Langevin, dite M. de Ste Philomène	15 Oct. 1868	17 "	2 " 10 m
Esther Lorrain, dite Marie de S. Frs Xavier	30 Oct. 1869	17 "	3 "
Marie Fréchette, dite M. de Ste Tharsile	8 Juin 1870	22 "	4 " 8 m
Phil. St Louis, dite M. de Ste Monique	29 Juin 1870	26 "	4 " 9 m
Alph. Langevin, dite Marie de Ste Agnès	12 Nov. 1870	17 "	4 " 9 m
Marg. Saucier, dite M. de Ste Céleste	27 Janv. 1871	62 "	26 " 4 m
M. Emma Giroux, dite M. de Ste Mathilde	4 Mars 1872	23 "	2 " 10 m
Anast. Mercier, dite M. de S. Frs d'Assise	18 Janv. 1873	46 "	9 " 4 m
M. Hermine Lachance, dite M. de S. Pierre	14 Mai 1873	29 "	8 " 7 m
Denyse Véronneau, dite M. de Ste Cécile	22 Août 1874	29 "	5 " 3 m
M. Pétronille Lacroix, dite M. de S. Firmin	29 Août 1875	19 "	4 " 2 m
Cécile Préfontaine, dite Marie de S. Joseph	1 Fév. 1876	70 "	30 " 7 m
M. L. Bachand, dite M. de Ste Geneviève	1 Fév. 1876	34 "	7 " 3 m
Louise Roch, dite M. Euphrasie de Jésus	19 Avril 1876	31 "	11 " 2 m
Phil. Cérat, dite Marie de la Ste Enfance	27 Déc. 1876	25 "	11 " 7 m
Eliza Ad. DeGonzague, dite M. de S.J.Bte.	26 Fév. 1877	32 "	10 " 4 m
M. Amanda Gladu, dite M. de Ste Ludivine	1 Avril 1877	29 "	10 " 4 m
M. A. Cadotte, dite Marie de S. Alphonse Rodriguez, sup. prov.*	2 Août 1877	57 "	33 "
M. Edw. Dufresne, dite M. de S. Maximin	22 " 1878	27 "	6 " 2 m
Léo. Lambert, dite M. de Ste Anastasie	26 Sept. 1879	41 "	13 " 2 m
Sophie Bolduc dite Marie de St François	4 Oct. 1879	31 "	9 " 4 jrs

* Ce fut au commencement du mois de décembre 1871, que Sœur Aurélie Cadotte, dite Marie de S. Alphonse de Rodriguez, nommée supérieure le 16 novembre 1868, recevait d'Angers ses titres de supérieure provinciale pour les deux maisons de Montréal et S. Hubert.

LA CHAPELLE

Le 1er mars 1878, Sœur Elmire Cadotte, dite Marie de S. Alphonse de Liguori, ci-devant assistante au pensionnat de S. Hubert, élue prieure en septembre 1877, adressait aux citoyens de Montréal une circulaire les invitant à exprimer leur opinion sur le projet qu'avait formé M. Z. Racicot, chapelain du monastère, de construire une chapelle pour les fidèles qui désiraient assister aux cérémonies religieuses de la communauté.

Les noms de ces bienfaiteurs sont précieusement conservés dans les Annales de la Communauté, qui est tenue, par ses constitutions, d'adresser au Ciel des prières pour tous ceux qui leur font du bien. Avec la haute approbation de Mgr E. C. Fabre, de plusieurs membres du clergé et citoyens influents de Montréal, les plans furent tracés par M. Bourgeau, architecte, et l'entreprise placée entre bonnes mains. La cérémonie de la bénédiction solennelle de la pierre angulaire eut lieu un dimanche, le

---

Canada. Messire Granet arriva à Montréal le 24 septembre 1843, professa la théologie au Grand Séminaire de cette ville jusqu'en avril 1856, où il succéda au Rév. M. Bilaudèle, S.S., obligé de laisser la charge de Supérieur du Séminaire pour cause de santé.

Estimé profondément, savant, et vénéré de tous, M. Granet était un homme à la vie active, à l'esprit pratique, un excellent administrateur. L'étude avait nourri sa jeunesse, charmé ses beaux jours et consolé ses derniers moments. Il mourut le 9 février 1866, à l'âge de 55 ans et demi, regretté de ses nombreux confrères et de la population catholique de toute la province.

12 mai 1878, vers quatre heures de l'après-midi. Malgré un temps froid et désagréable, une foule nombreuse entourait l'estrade sur le terrain de la chapelle. Mgr l'Evêque de Montréal présidait, assisté du R. P. Cazeau, S.J., et du Rév. M. A. Giband, S.S. On remarquait parmi les assistants, MM. les chanoines Mongeau et Lesage, les RR. PP. Robert, S.J., et Tortel, O.M.I., les Révds MM. Gravel, ancien curé, Ménard, Z. Racicot et Decaries. Le sermon en français fut prêché par M. Lavallée, de S. Vincent de Paul de Montréal, et celui en anglais, par le Rév. M. Salmon, de l'église S. Gabriel.

Les savants orateurs firent un chaleureux appel à la charité publique, exhortant les assistants à venir en aide, par tous les meilleurs moyens, à la construction de ce sanctuaire qui est aujourd'hui un des beaux monuments de notre ville.

En cette occasion, la collecte rapporta deux cents piastres, et peu de temps après le public montréalais se tint à la hauteur de sa réputation en secondant généreusement les démarches et les efforts du dévoué Messire Z. Racicot, chapelain du monastère, qui n'épargna ni sollicitations, ni peines, ni fatigues pour mener à bonne fin l'entreprise qu'il avait à cœur.

Les portraits de Sa Sainteté, Léon XIII, et la vente de quelques livres précieux et intéressants rapportèrent à M. le chapelain une somme d'argent qui l'encouragea à continuer ses démarches et à s'entendre avec quelques personnes de bonne volonté pour organiser un bazar au profit de la chapelle. Inau·

guré sous les meilleurs auspices, le 10 août, le bazar dura jusqu'au 6 septembre, et fit toucher aux Sœurs la jolie somme de sept cents piastres.

Cette chapelle, qui a coûté à peu près six mille piastres, fut inaugurée solennellement à la Messe de Minuit, le 25 décembre 1878.

On y célèbre la Messe tous les dimanches à 8½ a.m., et les Vêpres à 3 heures. Plusieurs des principaux citoyens de cette ville y ont déjà loué des bancs, et un grand nombre d'autres se feront sans doute un devoir d'en faire autant, afin d'encourager une institution qui mérite tant la sympathie publique.

Madame D. B. Viger est enterrée dans le caveau de la chapelle. Il convient que les restes mortels de cette bienfaitrice de la communauté reposent en cet endroit.

FONDATIONS.

Asile Ste Darie

(prison des femmes, rue Fullum.)

La communauté dont les commencements avaient été si pénibles, qui pendant longtemps avait manqué de sujets, fit des progrès si rapides, qu'en 1870 elle était en état de faire des fondations même en pays étranger et ne pouvait recevoir toutes celles qui s'offraient comme novices.

Le 3 mai de cette année, les Sœurs du Bon-Pasteur étaient appelées par Mgr de Montréal à remplacer les Sœurs de la Mi séricorde dans la direction d'une œuvre importante ayant pour but de recueillir les femmes et les filles qui en sortant de prison désiraient faire pénitence.

Les Révdes. Sœurs Philomène Larivière dite Marie de Ste Hélène ; Marie Martin, dite de St Célestin ; Marie de Ste Domi-thilde, dite Larose ; Marie de S. André, dite Corbeil ; Marie des Anges, dite Deschambault et Marie de Ste Perpétue, dite Guilbault, entreprirent cette mission et allèrent fonder sur la rue Fullum un établissement qui a déjà fait un bien incalculable. N'ayant pour soutenir cette maison que le produit de la couture d'une dizaine de pénitentes, elles eurent beaucoup à souffrir dans les commencements.   Il faisait tellement froid, que trois poêles réchauffaient à peine les appartements de la maison. Dans plusieurs occasions, il arriva que celle qui n'était pas prompte à se rendre au son de la cloche au réfectoire y trouvait sa soupe à demi gelée.

Plus tard leur situation s'améliora, le gouvernement vint à leur secours, fit faire des réparations à la bâtisse, y plaça des fournaises et leur fournit du charbon.

MM. Benjamin Comte,* A. C. Larivière,† et Hardouin Lionnais, père furent aussi très bons pour elles et leur firent parvenir beaucoup d'ouvrage, etc.

Il y avait près de vingt-cinq ans que les bonnes Sœurs désiraient ardemment avoir le soin des femmes condamnées

---

(*) Le 22 janvier 1876, la mort enlevait à la population catholique de Montréal un citoyen des plus remarquables dans la personne de M. Godfroi Benjamin Comte, décédé à l'âge de soixante-onze ans et cinq mois. On trouvait en lui le type complet du parfait gentilhomme et du vrai chrétien. Bon et généreux envers les pauvres, il encourageait efficacement et largement les institutions catholiques de Montréal et des environs.

Occupant une foule de positions honorables, il n'épargna jamais rien pour se conserver la confiance de ses concitoyens qui n'oublieront de sitôt, les excellentes qualités qui le distinguaient.

Le regretté défunt était célibataire, et frère de feu messieurs Louis Paschal Pierre et de Messire Joseph Comte, ancien procureur du Séminaire S.S.

† Secourable sans intérêt, M. A. C. Larivière, après une vie honnête et laborieuse, décéda à Montréal, de la dyphtérie, le 6 novembre 1875. Il fut un de ceux qui se distingua d'une manière admirable, pendant les premières années de la fondation de l'asile Ste Darie.

Très souvent, il fit parvenir aux religieuses de cette Institution les choses les plus indispensables et leur aidât à payer plusieurs dettes.

Son caractère franc et honnête le fit toujours estimer et respecter de ses nombreux amis et compatriotes.

par les Cours de justice. Aussi, par l'entremise de Mgr
l'Evêque de Montréal et la maternelle sollicitude de la mère
prieure, la communauté se décida à faire l'acquisition du
terrain nécessaire. En cette occasion plusieurs généreux bienfaiteurs leur vinrent en aide; entr'autres les Révds MM. V.
Arraud, S. S., A. J. Martineau, Chs. Beaubien et M. Huberdeault,
(aux E. U.), l'Hon. Gédéon Ouimet, alors procureur-général et
M. L. L. L. Desaulniers, ci-devant inspecteur des prisons.
Avec le bienveillant concours de ces Messieurs, Madame la
supérieure fut autorisée à céder au Gouvernement, par un acte
en date du 3 mars 1871, le terrain de la rue Fullum, qui mesure
deux arpents de large sur cinq de profondeur, sous la condition
expresse qu'il y construirait une prison plus vaste pour les
femmes dont elles auraient la direction. Les plans de M. J. R.
Poitras, architecte, de Montréal, ayant été approuvés par le
Gouvernement, l'entreprise fut donnée à M. Cyrille Content,
sous la surveillance de M. Aubertin pour la somme de $144,000,
sans compter les extras. Dès le 20 août, les travaux commen-
cèrent et furent poussés avec prudence et vigueur.

Ce fut le 27 novembre 1876 que les religieuses entrèrent
dans leur nouveau monastère pour y commencer l'œuvre des
prisonnières. La cérémonie fut présidée par Sa Grandeur Mgr
E. C. Fabre (*), assisté des Révds MM. L. Sentenne, S S., curé

---

* Sa Grandeur naquit le 28 février 1827, du mariage de Edouard
Raymond Fabre, Ecr., et Delle Luce Perreault. Placé au collége de S.

de St. Jacques de Montréal, C. Martin, curé de la Longue-Pointe, Lavallée, curé de S. Vincent de Paul de Montréal et MM. Zotique Racicot et J. Charette, vicaires de cette importante paroisse. En cette occasion la maison S. Joseph prit le nom d'Asile de Ste Darie.

Les pieuses directrices éprouvèrent une bien grande joie, lorsquelles reçurent la bonne nouvelle que le Conseil des Ministres de la Province de Québec venait de sanctionner l'ordre de transport des prisonnières catholiques dans leur maison.

Ce fut pendant l'après-midi du 7 novembre suivant, que ces malheureuses leur furent envoyées, au nombre de quatre-vingt-cinq. Le même jour, M. L. J. Lauzon*, chapelain de l'Hospice, et

———

Hyacinthe, dès l'âge de neuf ans, le jeune Ed. C. Fabre, fit d'excellentes études. Sorti du collége, il fit un voyage en Europe, où il prit la soutane, à Chatenay (France), et entra au Séminaire d'Issy ; ce fut dans cette maison qu'il se rencontra avec plusieurs des hommes qui ont illustré l'épiscopat français.

De retour au Canada, il fut ordonné prêtre par Mgr Prince, le 23 février 1850, devint vicaire à Sorel et plus tard curé à la Pointe-Claire. En 1869, Mgr Fabre fit un second voyage en Europe, lors du Concile du Vatican. En 1873, M. le chanoine Fabre fut nommé évêque de Montréal et remplaça Mgr Ig. Bourget.

* M. Louis Joseph Lauzon naquit le 17 février 1843, à Terrebonne, du mariage de François Lauzon et d'Angélique Martin. Après un cours d'études complet et remarquable, M. Louis Joseph Lauzon fut ordonné prêtre à Montréal, le 26 mai 1856 ; devint vicaire dans sa paroisse natale, puis professeur et économe du Collége Terrebonne. Après l'incendie de cette excellente maison d'éducation, il fut appelé à venir prendre la

M. Lavallée, curé de la paroisse de S. Vincent de Paul, de Mont-réal, se rendirent auprès d'elles pour les encourager à devenir respectueuses, obéissantes et bonnes chrétiennes. Peu de jours après, le Rév. P. Raynel, S. J., vint leur prêcher une retraite générale.

Quelques détails sur cet établissement intéresseront le public.

Sous la forme d'une croix, le corps principal de l'édifice mesure 206 × 55 pieds, et a quatre étages. Les ailes ont chacune 100 × 53 pieds, à trois étages avec mansardes.

C'est avec la politesse la plus exquise que l'étranger est admis à visiter l'intérieur de la prison des femmes, qui est sous la direction spirituelle du Rév. M. L. J. Lauzon, chapelain. Vingt-huit religieuses, plusieurs pénitentes et quatre hommes de garde composent le personnel et font le service de l'établissement. Au premier étage, qui donne sur la cour, sont les appartements suivants : la dépense, la cuisine, la boutique du menuisier et l'appareil de chauffage pour la buanderie et toute la maison, puis le réfectoire des prisonnières canadiennes qui mangent séparément des irlandaises. Les mets, qui sont des plus subsantiels, sont placés dans des assiettes, pots et terrines en métal. A l'étage suivant, plusieurs des condamnées s'occu-

____

direction spirituelle de l'Asile Ste Darie. On ne pouvait faire un meilleur choix ; M. Lauzon, à des talents distingués et à une instruction de premier ordre, joint le zèle et le dévouement nécessaires pour remplir efficacement ses délicates fonctions.

pent à la fabrication des étoffes qui servent à la confection de leur costume ; tout vis-à-vis est le séchoir, et la chambre où l'on repasse le linge qui, aussitôt, est numéroté et disposé sur des tablettes. Au centre de la bâtisse où sont logées les prisonnières catholiques, existe une très jolie chapelle entourée d'un jubé, avec grillage à l'arrière du chœur ; c'est là que se placent les religieuses du monastère.

Pourvus du meilleur système de ventilation et de chauffage, les salles de couture, les dortoirs et l'infirmerie sont vastes, bien éclairés et aérés. La cour des récréations est entourée par un mur en pierre de douze à quinze pieds de hauteur. On ne peut se lasser d'admirer la propreté, l'ordre et la vigilance qui règnent dans cet établissement, et l'habileté avec laquelle les courageuses et intelligentes Sœurs domptent les caractères les plus rebelles.

Lors de notre visite à cet établisement en août 1879, Madame la directrice, Sœur Marie de Ste Hélène, dite Larivière, voulut bien nous faire connaître les détails qui suivent :

			Décédées.	
Entrées en	Prisonnières	Pénitentes.	Pénitentes	Prisonnières.
1870		54		
1871		62		
1872		61		
1873		49		
1874		42		

	Entrées en	Prisonnières.	Pénitentes	Décédées. Pénitentes	Prisonnières.
1875			31		
1876	155		42	. 1	1
1877	687		19		1
1878	726		7		6

Du 1er Jan.

au 1er Août 1879　　397　　　　4

FONDATIONS A L'ÉTRANGER.

Non contente de répandre ses bienfaits dans notre pays, la Maison du Bon-Pasteur de Montréal, fut autorisée dès 1846 à fonder plusieurs missions à l'étranger, Ne craignant pas plus les ardeurs du soleil de l'Amérique du Sud qu'elles n'avaient redouté les glaces et les froids de l'Amérique du Nord, les héroïques Sœurs n'hésitèrent pas à entreprendre les difficiles missions dont Mgr de Montréal, qui les connaissait, les avait chargées avec la plus grande confiance.

Le nombre des Religieuses parties pour des Missions étrangères depuis leur fondation se divise comme suit :

Pour Louisville (E. U.)...En 1846 — 1

"　　　"　　　　"　　................................" 1847 — 1

"　　　"　　　　"　　................................" 1849 — 3

" Philadelphie (E. U.) ...." 1852 — 1

" Chicago　　　　"　　................................" 1864 — 2

Pour New-York (E. U.) ....En 1866 — 4
" Cincinnati " .... " 1866 — 3
" La Nouvelle-Orléans (E. U.)..................... " 1867 — 5
" Chicago (E. U.) .... " 1867 — 3
" Angers (France) .... " 1868 — 1
" Quito (Equateur)............................ " 1871 — 6
" Lima (Pérou)............................ " 1871 — 7
" Quito (Equateur) .... " 1872 — 4
" Lima (Pérou)............................ " 1872 — 2

Voici les noms des Sœurs qui allèrent fonder la mission de Quito :

Aufidie Petit, dite Marie de S. Jean de la Croix, de Ste Anne de la Pocatière, âgée de 43 ans.

Eliza Smith, dite Marie de Ste Dosithée, âgée de 32 ans.

Marie A. Gladu, dite Marie de S. Arsène, de S. Hyacinthe, 19 ans.

Julie Ouellet, dite Marie du Bon-Pasteur, 27 ans.

Sophie Guilbeault, dite Marie de Ste Perpétue, de S. Henri de Mascouche, 25 ans.

Marie Durocher, dite Marie de Ste Agathe, de S. Hyacinthe, 26 ans.

Le voyage dura trois mois, il fut long et pénible, les bonnes Sœurs eurent beaucoup à souffrir durant le trajet et éprouvèrent de grandes fatigues. Pour comble de malheur, plusieurs furent en arrivant atteintes des fièvres, et douze jours après son arrivée, la petite colonie avait la douleur de perdre sa Prieure, Marie de S. Jean de la Croix.

Les missionnaires de Lima furent :

Sœur Marie Malvina Larose,   dite de Ste Domithilde,
   "   "   Clémentine DeGonzague,   "   S. Raphaël,
   "   "   Lumina Gadbois,   "   S. Zotique,
   "   "   Vitaline Champoux,   "   S. Gabriel,
   "   "   Sophie Gervais,   "   S. Paul,
   "   "   Paméla Thibeault,   "   Ste Léocadie,
   "   "   Aurelie Robidoux,   "   S. Alexis.

Embarquées à New-York le 15 mai 1871, elles arrivaient à Lima après une heureuse traversée, le 1er septembre de cette même année.

A Lima et à Quito, comme dans toutes les principales villes du monde, il n'y a qu'une voix pour proclamer le bien fait par les Sœurs du Bon-Pasteur, pour louer leur charité et leur dévouement inaltérables. Partout où elles vont, les bénédictions du Ciel les accompagnent.

VŒUX, RÉGIME, COSTUME, &c.

Outre les trois vœux de pauvreté, de chasteté et d'obéissance, les religieuses du Bon-Pasteur en font un quatrième, qui est de travailler à la conversion et à l'instruction des filles et des femmes pénitentes. Rien de plus solennel et de plus touchant que le cérémonial de leur profession. Après qu'elles ont prononcé leurs vœux perpétuels, l'officiant leur adresse les remarquables paroles suivantes :

"Mes sœurs, maintenant vous êtes mortes au monde et à " vous-mêmes, pour ne plus vivre qu'en Dieu, dans la solitude " comme dans un tombeau." Aussitôt on déploie le drap mortuaire sur les nouvelles professes, qui demeurent prosternées pendant qu'on chante le *Libera* et autres prières des morts.

Les religieuses du Bon-Pasteur sont cloitrées, c'est-à-dire qu'elles ne sortent jamais du monastère, excepté que par une permission toute spéciale de l'évêque, elles vivent donc complétement séparées du monde, dans le silence, la prière, le jeûne, les privations et le travail. Debout à cinq heures, l'été, et à cinq heures et demie, l'hiver, elles consacrent trois ou quatre heures par jour à la prière, aux méditations, à divers exercices spirituels, et le reste du temps au travail.

La communauté ne se compose que de personnes dont la vie a été irréprochable, et se divise en Sœurs de Chœur et en Sœurs Converses ou Domestiques. La Congrégation conserve l'ancien costume du Monastère du Refuge. Les habits des religieuses sont blancs, et sur le cœur d'argent qu'elles ont adopté est gravée une image du Bon-Pasteur.

LES PÉNITENTES.

Les personnes qui entrent dans la Communauté ou qui y sont placées pour être réformées ou faire pénitence forment la classe des pénitentes.* Il y en a de toutes les conditions ; leur histoire est quelquefois émouvante et dramatique. Dès leur entrée dans la maison du Bon-Pasteur, ces pauvres pécheresses quittent les livrées du monde pour prendre des habits simples et unis ; on leur permet de s'appeler sœurs et elles donnent le titre de Mère aux religieuses qui les gouvernent.

Elles ont tous les jours leurs heures réglées pour la prière, le chant des cantiques, le travail manuel, les repas et les récréations. Pour les obliger à bien remplir leur devoir et soumettre leur humeur, les religieuses du Bon-Pasteur emploient à leur égard l'influence d'un charitable traitement, la force des instructions et des bons exemples. Elles sont soumises à la surveillance la plus vigilante dans leurs paroles et dans leurs actions, et tous les moyens que l'expérience et la charité peuvent suggé-

---

* Messire Villeneuve (L. V. Léon) S.S·, aumônier des prisons et des hôpitaux de Montréal, est décédé en cette ville le 25 avril 1873 ; il fut pendant longtemps la providence des pénitentes au Bon-Pasteur.

rer sont employés pour les ramener à la vertu. Les bonnes Sœurs ont souvent des cas difficiles, des sujets au caractère revêche, indomptable même : mais en général elles réussissent à transformer les natures les plus rebelles ; et elles racontent à ce sujet des conversions bien extraordinaires.

En 1870, une pénitente nouvellement venue au monastère insista pour qu'on la laissât partir, disant à plusieurs de ses compagnes qu'elle retournait directement dans le lieu qui venait d'être funeste au salut de son âme : rien ne put la faire changer de résolution. En la voyant partir, ses compagnes pénitentes furent désolées et se mirent à prier pour elle et exposèrent une statue de la Sainte Vierge dans un des châssis de la classe, afin que la madone ramenât la fugitive au Bon-Pasteur. Dès le soir même, l'infortunée revint voir la maîtresse des pénitentes du monastère en lui répétant d'une voix émue : " Ma mère, je vous en prie, recevez-moi de nouveau, si vous saviez l'affreux spectacle qui s'est offert à mes yeux, vous ne me refuseriez pas un seul instant. Imaginez-vous ce qui s'est passé :

" A mon arrivée dans le lieu où j'avais dessein de résider en partant d'ici, j'aperçus, presqu'à l'entrée, un cadavre dont la figure noircie et défigurée, était horrible à voir. Surprise et effrayée, je questionne la maîtresse de cette maison, qui me dit avec indifférence que la malheureuse qui était morte, venait de mourir en blasphémant le saint nom de Dieu. Aussitôt, continua-t-elle, un sentiment étrange s'empara de moi et dans mon émotion, je me mis à parler de l'éternité aux autres personnes présentes. Ces malheureuses se mirent à ricaner et à se moquer de mes bons sentiments, je les quittai et m'en revins bien décidée à ne plus me livrer à mes abominables desseins."

En entrant dans la classe où elle était parfaitement connue, un cri de joie l'accueillit. Elle se convertit cette fois-là pour tout de bon et devint une personne très recommandable.

Les statistiques de la communauté constatent, que mille pénitentes ont été admises pendant les premières vingt-cinq années, 397, de 1869 à 1874, et 354, de 1874 à 1878, dont 11 décédées de 1870 à la présente année. Que d'âmes conservées, que de familles sauvées du déshonneur !

LES MADELEINES

Quelque fois les pénitentes, après un certain temps passé au couvent, sortent pour retourner dans leurs familles ou se placer comme servantes, mais souvent elles demandent à passer leur vie dans le monastère et peuvent alors se faire recevoir Madeleines, vivant sous la règles du Tiers-Ordre de Ste Thérèse.

La classe des Madeleines fut fondée en 1831 par Sœur Marie de Ste Euphrasie Pelletier, dans le but d'offrir aux pénitentes le moyen de compléter non-seulement leur conversion, mais de travailler à celle des autres. Cette fondation eut partout les meilleurs résultats en créant parmi les pénitentes une grande émulation afin de mériter le bonheur d'être reçues Madeleines. Un grand nombre de ces pauvres filles sont heureuses de pouvoir s'ensevelir dans l'oubli du cloître, d'avoir un moyen si honorable de se racheter et de se réhabiliter.

Cette classe fut ouverte à Montréal en 1864 sous la direction de deux bonnes Madeleines qu'on fit venir du monastère de Philadelphie. C'est Madame Quesnel qui paya leurs frais de voyage. A la fin de l'année le monastère des Madeleines de Montréal comptait six novices. De 1864 à 1874 il y a eu 90 admissions, 71 prises d'habits, 33 professions, 53 sorties et 6 décès, et de 1874 à 1878 on compte 188 admissions, dont 10 décédées de 1870 à 1879.

Il y a souvent parmi ces Madeleines des personnes remarquables sous tous les rapports, comme on le verra par le trait suivant.

Une jeune fille de New York (E. U.) joignait à une intelligence des plus vives et à un esprit pénétrant un extérieur charmant. Elle était protestante, mais son esprit logique la portait, malgré elle, à avoir des doutes sur la vérité de sa religion, et il arriva que souvent elle faisait à son ministre des questions et des remarques qui l'embarrassaient. Il se contentait de lui dire qu'elle était trop jeune pour approfondir la Bible ; mais elle répondait : " oui, je l'approfondirai et je saurai la vérité. "

Devenue orpheline, presque seule dans le monde avec sa pauvreté, sa beauté et son esprit, l'infortunée jeune fille s'égara. Elle était à Québec, errant par les rues, lorsqu'elle fut rencontrée et recueillie par des Sœurs du Bon-Pasteur.

Ce fut là qu'elle commença à se convertir, et se fit catholique. Désirant faire pénitence et se faire Madeleine, elle dût venir à Montréal afin d'embrasser le régime de vie de ces dernières ; on l'appela Sœur Madeleine de Ste Cécile, prénom de sa charitable bienfaitrice Madame Frémont de Québec. Elle devint un sujet d'édification pour la communauté, et mourut le 5 de mai 1875, âgée de 24 ans.

CLASSES DE PRÉSERVATION, DE RÉFORME ET D'INDUSTRIE.

La classe de préservation a pour but de donner l'instruction et l'hospitalité à de pauvres jeunes filles qui sont presque toutes orphelines ou dont les parents ne peuvent ou ne veulent prendre soin. Ces infortunées sont libres de demeurer dans le monastère aussi longtemps qu'elles le veulent ; et il y en a beaucoup qui n'en veulent plus sortir une fois qu'elles y sont entrées.

Etablie en 1847, supprimée en 1850 et rétablie en 1861, cette classe comptait 565 admissions depuis son établissement jusqu'en 1874, et 61 depuis cette dernière date jusqu'en 1878.

En 1870, les religieuses du Bon-Pasteur se chargeaient de l'école de réforme fondée par le gouvernement local pour les jeunes délinquantes que la détention dans la prison commune, au milieu de femmes vieillies dans le vice, achevait souvent de gâter. Tous les jours elles ont le bonheur de faire rentrer dans le bon chemin, des enfants, de pauvres jeunes filles qui deviendraient de grandes criminelles.

La même année, en 1870, elles ouvrirent une école d'industrie pour les jeunes filles auxquelles leurs parents trop pauvres ne peuvent apprendre à gagner leur vie. Cent soixante-et-trois jeunes filles ont fréquenté cette école depuis 1870, dont 8 décédées. Presque toutes en sont sorties en état de vivre honorablement et d'aider leurs parents. Les classes de Préservation et d'Industrie ont été transférées, le 16 septembre 1878 à S. Hubert, à neuf milles de Montréal.

Voici la liste de Messieurs les Chapelains du Monastère du Bon-Pasteur, depuis, 1844.

Messire L. Theo. Plamondon............................... 1844
  "   Le Chanoine A. Lavoie........................... 1845
  "   Joseph Larocque................................. 1847
  "   Isidore Gravel 1851
  "   Isidore Gravel.................................. 1852
  "   Hypolite Moreau................................. 1853

Messire Grégoire Chabot.............................. 1858
  " Godefroi Lamarche....................... 1862
  " Le Chanoine E. C. Fabre..................... 1864
  " Joseph Prudhomme........................ 1866
  " Zéphirin Delinelle.......................... 1867
  " F. X. Salomon Maynard..................... 1871
  " Alexis Josse Martineau...................... 1874
  " Zotique Racicot 1877
  " "   "   1878
  " "   " et M. Coallier, vic.............. 1879

Depuis cette date à 1866, les Sœurs de cette communauté avaient été desservies gratuitement par l'Evéché de Montréal, qui pensionnait et entretenait leurs chapelains. Cette bienfaisante gratification à été évaluée à pas moins de cinq mille piastres.

Les Médécins du Bon-Pasteur depuis la fondation ont été :

MM. Wolfred Nelson................................. 1844
 Basile Charlebois................................ 1864
 Joseph Leman................................... 1867
 J. Philippe Rottot............................... 1871
 Georges Grenier 1872
 G. O. Beaudry.................................. 1874
 Em. P. Lachapelle et Laramée...................... 1877
  "   " 1878
  "   " 1879

Disons à la louange de ces Messieurs et de quelques autres de leurs bienveillants confrères qu'ils ont toujours donné leurs services gratuitement à la Communauté.

LE PENSIONNAT DES SŒURS DU BON-PASTEUR.

Un an après leur établissement au Canada, en 1845, les religieuses du Bon-Pasteur, désirant faire le plus de bien possible, eurent l'idée d'ouvrir un pensionnat pour l'éducation des filles. Ayant été obligées de fermer ce pensionnat en 1856, elles le rétablirent en 1864 dans leur monastère de la rue Sherbrooke. En 1870, se trouvant trop à l'étroit, elles furent obligées de réaliser le projet que M. Arraud avait depuis longtemps de leur procurer une ferme à la campagne pour y établir leur pensionnat, et Saint-Hubert fut l'endroit qu'elles choisirent pour le mettre à exécution. Grâce à Messire J. Bte Langlois, curé de cette paroisse, elles obtinrent de la fabrique un terrain de dix arpents, avoisinant l'église, et y bâtirent le nouveau couvent, une bonne bâtisse en pierre, de soixante pieds par quarante, à trois étages. Elles furent généreusement aidées par le curé et les habitants de Saint-Hubert, qui firent tout en leur pouvoir pour leur être agréables et utiles.   Mais leurs principaux bienfaiteurs furent le Séminaire de S. Sulpice et Messire Arraud, qui dépensèrent pour cet établissement au moins vingt-deux mille piastres.

Voici les noms des fondatrices de la maison de S. Hubert :

Marie de l'Incarnation,   dite Trudelle
  "   du Mont Carmel,   "   Girouard
  "   de S. Zotique,   "   Gadbois
  "   de S. Edouard,   "   Doucet
  "   de S. Ambroise,   "   Lemire
  "   de S. J. l'Evangeliste "   Prevost.

En 1878, le pensionnat de St Louis Gonzague était transporté à Montréal et remplacé à S. Hubert par les classes d'industrie et de préservation.   Le magnifique emplacement de M. Leclaire sur la rue Sherbrooke, près de la rue S. Denis, leur ayant été offert pour la minime somme de $2.400, elles trouvèrent moyen de l'acheter, par l'entremise de Messire Zotique Racicot leur chapelain et de quelques autres bienfaiteurs.   Le nouveau couvent, qui est presque terminé, est un bel édifice en pierre, à six étages, le soubassement compris, mesurant cent cinquante pieds par cinquante-six. Situé entre le Mont-Royal et le Saint-Laurent, dans un endroit salubre et élevé, d'où la vue embrasse presque toute la cité, et un magnifique horizon, il possède tous les avantages de la ville et de la campagne. Rien n'a été épargné pour assurer le comfort et la santé des élèves. Les salles sont hautes et spacieuses, bien aérées. Il y aura des appartements pour chaque branche d'instruction, une bibliothèque choisie, plusieurs pianos et autres instruments de musique. Outre le jardin et plusieurs balcons, il y aura très probablement sur le toit une magnifique promenade. L'enseignement sera aussi complet qu'il peut l'être et se terminera par le cours gradué.

Outre les langues française et anglaise dont l'étude est obligatoire pour toutes les élèves, des cours particuliers d'Allemand, d'Italien et d'Espagnol seront donnés.

TRENTE CINQ ANNÉES BIEN REMPLIES.

Que de choses accomplies dans l'espace de trente-cinq ans par cette humble communauté dont les commencements furent si pénibles ! Quel espace parcouru depuis le jour où elle s'installait dans sa pauvre maison de la rue Brock jusqu'à présent ! Qui aurait pu croire alors que dans moins de quarante ans elle se développerait si merveilleusement, que cette pauvre plante, qu'un souffle semblait capable de détruire, deviendrait un arbre puissant dont le feuillage ombragerait tant de bonnes œuvres et dont la sève puissante féconderait les deux Amériques ? Le sol de notre pays est bon, il est vrai, pour les œuvres de la religion et de la charité. Mais il fallait aussi que la plante fut bien bonne pour produire les fruits que nous admirons. Quand on contemple le monastère du Bon-Pasteur et ses nombreuses fondations et succursales, on ne pense pas à ce qu'il a fallu de travail, d'intelligence et de dévouement, de sacrifices cachés pour produire tout cela. Il n'y a que la confiance en Dieu et la protection du Ciel qui puissent donner à des femmes, à des jeunes filles une énergie et une force de volonté qu'on ne trouve même pas souvent chez les hommes,

BIOGRAPHIE

DE

MESSIRE ARRAUD (Jacques Victor), Ptre. S.S.

———

Nous avons cru devoir terminer ce petit travail par une esquisse biographique du prêtre vénéré qui a été l'un des fondateurs et le principal protecteur du Bon-Pasteur de Montréal. Pendant près de trente-cinq ans il s'est dévoué à cette communauté, a veillé sur son berceau, l'a sauvée plusieurs fois des dangers qui menaçaient son existence ; il lui a donné son temps, son argent, sa fortune personnelle s'élevant à une trentaine de mille piastres, et il a poussé le dévouement jusqu'à mendier pour elle. On l'a vu parcourir les rues de Montréal, aller de porte en porte, demander des aumônes, des provisions, du linge pour ses dignes protégées.

Sévère dans son extérieur, un peu rude dans son langage et ses manières, il cachait, sous cette dure écorce, le cœur le plus charitable. Il avait aussi une forte tête, une intelligence distinguée, et fut pendant longtemps l'un des meilleurs prédicateurs de Montréal.

Ceux même qui ne l'aimaient pas en affaires, ne pouvaient s'empêcher de rendre hommage à ses talents, à ses vertus et à son esprit pratique.

M. J. V. Arraud, était de Blaye, diocèse de Bordeaux ; il naquit le 8 septembre 1805, du mariage d'Augustin Arraud et de Marguerite Florence, tous deux fort estimés et respectés parmi les principaux habitants du sous-département de la Gironde. Dès qu'il fut question de son éducation, le jeune Arraud fut placé dans une institution renommée et qui avait pour directeur M. Lacombe, prêtre français des plus distingués. Aussitôt il montra de grandes aptitudes et se fit remarquer par la facilité avec laquelle il apprenait indifféremment les matières qu'on y enseignait ; le zèle et les grandes vertus de ses professeurs firent sur son esprit une profonde impression qui ne s'effaça jamais et qui fut comme le germe de l'heureuse idée qu'il conçut de se dévouer au sacerdoce.

De cette maison d'éducation, M. Arraud passa au Grand Séminaire de Bordeaux, dirigé par le Rév. M. Hamon, S.S., autrefois curé de S. Sulpice.

Après avoir reçu l'habit de sous-diacre, il vint au Canada à la suite de M. Roux, S.S., en compagnie de M. M. Laré, S.S., et Léonard, S.S., qui entra plus tard dans la Congrégation des Revds P.P. Oblats.

Arrivé à Montréal le 1er août 1828, il fut nommé professeur au Collége de Montréal, et ordonné prêtre le 26 juillet de l'année suivante.

Son zèle, son amour du travail et son éloquente prédication le firent bientôt remarquer par ses supérieurs et la population

de Montréal. Les communautés et les institutions de bienfaisance et de charité avaient toutes ses sympathies, et recher-
chaient sa direction. Chargé souvent de fonctions importantes
et délicates, il s'en acquitta avec beaucoup de tact et de succès.

En 1837 il était nommé aumônier de la prison et il eut le
douloureux privilége d'assister sur l'échafaud les pauvres con-
damnés politiques.

C'est lui qui fit bâtir, en 1839, la première chapelle au pied
du courant afin de procurer les secours de la religion aux habitants de cette partie éloignée de la ville. Chargé de desservir
cette chapelle, ainsi que celle de la Côte de la Visitation, il se
donna beaucoup de peine pour donner satisfaction aux fidèles
de ces deux missions.

Tous les quinze jours il partait emportant un morceau de pain
et quelques pommes pour son dîner, et passait une journée à
visiter les fidèles confiés à ses soins, allant de maison en maison,
et ne revenant qu'après avoir accompli tout ce que son zèle
apostolique lui avait suggéré.

En 1840 il était nommé aumônier de la nouvelle prison de
Montréal et y offrait le saint sacrifice pour la première fois, le
3 février.

Il serait trop long d'énumérer toutes les bonne œuvres, toutes
les institutions qu'il a fondées ou protégées. Nommons
cependant la Bibliothèque Paroissiale, dont il eut l'idée à Bordeaux, en voyant le bien qu'y faisait l'œuvre des bons livres.

Il a été directeur de la Congrégation des hommes de Ville-Marie, de celle des demoiselles de la Victoire, confesseur de l'Hôpital-Général, de l'Hôtel-Dieu, de la Congrégation de Notre Dame, économe et procureur du Séminaire de S. Sulpice. Tous ses instants étaient pris ; il trouvait, à force d'activité, le temps de tout faire.

En 1864, M. J. V. Arraud, fut nommé procureur du Séminaire, S.S., à la mort du regretté M. Joseph Comte.

De toutes les charges de la maison de S. Sulpice, la charge de procureur est sans contredit la plus importante et la plus difficile à remplir, après celle de Supérieur. Le premier soin de M. Arraud, en prenant la direction de la procure du Séminaire, fut de s'initier à la connaissance des lois et coutumes concernant la propriété. Il fut bientôt en état de remplir ses fonctions de procureur avec succès. Durant son administration, le Séminaire fit construire plusieurs églises et chapelles magnifiques ainsi que des écoles où des milliers d'enfants catholiques reçoivent gratuitement une éducation chrétienne et soignée.

Nous avons déjà dit ce qu'il avait fait pour les religieuses du Bon-Pasteur.

A l'arrivée à Ville-Marie des quatre premières religieuses de cette Communauté, en 1844, M. Arraud, S.S., se joignit de grand cœur aux pieux desseins de Sa Grandeur Mgr Bourget, qui désirait ardemment leur établissement à Montréal. Prévoyant tout le bien que cette communauté ferait parmi nous, il crut qu'aucune œuvre ne méritait plus que celle-là son appui et son dévouement, et personne ne contribua plus que lui à assurer son avenir et ses glorieuses et saintes destinées. On ne peut se faire une idée de l'intérêt qu'il manifesta jusqu'au dernier moment pour cette communauté, des preuves de dévouement qu'il ne cessa de lui donner. Il allait très souvent faire visite à la maison-mère sur le rue Sherbrooke, et ne s'y rendait jamais les mains vides. Il arrivait toujours avec des paquets, du linge, des provisions, mille choses qu'il avait demandées pour elle chemin faisant. Un jour la Mère Provinciale ayant montré au Rév. M. Arraud, une pièce d'étoffe que les petites filles de l'Industrie s'étaient faite avec des effilures de guenilles, il en fut enchanté et il promit de leur procurer plusieurs de ces guenilles. Quelques jours après on lui donna deux robes entières avec leurs *Grecian bends* qu'il s'empressa de leur remettre. Inutile de dire que ce singulier présent amusa les bonnes Sœurs.

Il a pu, avant de mourir, contempler les développements admirables du grain de senevé qu'il avait arrosé de ses sueurs ; se réjouir des bienfaits opérés par l'œuvre pour laquelle il avait fait tant de sacrifices !

Le 22 mars 1878, M. Arraud était frappé d'apoplexie foudroyante pendant qu'il était à prendre son dîner. Transporté immédiatement dans sa chambre où il reçut les soins les plus empressés de M. le Supérieur Bayle, du Rév. M. Lévesque, S.S., et du Dr Schmidt, il expira vers les 10½ heures du soir, sans avoir recouvré la connaissance.

Cette mort, aussi triste qu'inattendue, produisit une pénible impression parmi les nombreux catholiques de Montréal, qui conserveront longtemps le souvenir des talents et des vertus de ce digne prêtre.

Mais nulle part elle ne fut plus vivement ressentie que dans la communauté pour laquelle il s'était dévoué pendant près de quarante ans.   Les bonnes Sœurs firent tout ce qu'elles purent pour témoigner la reconnaissance qu'elles lui devaient.   Depuis sa mort elles n'ont cessé d'offrir à Dieu pour leur généreux protecteur des prières, des communions et des messes. Le 28 mars 1879, elles lui firent chanter dans leur nouvelle chapelle un service anniversaire des plus solennels.   Parmi les décorations et les inscriptions dont les murs et les galeries étaient couverts on lisait : " 35 ans de dévouement ;" " Toujours ses cendres parleront," " Notre bienfaiteur," et plusieurs autres.

Elles comprirent qu'elles ne pouvaient trop faire pour rendre hommage à la mémoire de ce bienfaiteur infatigable de leur communauté.